我們三人依靠著指南針和天上的星星，仔細計算路程，航向——
小島
道。
噗唧
噗唧
噗唧
噗唧
噗唧
噗唧
噗唧
噗唧
噗唧
然後，切換成伊豬豬和魯豬豬的屁屁引擎，
☆伊豬豬好像還捨不得丟掉泡泡紙，把泡泡紙當成披風，披在身上。
啵扣啵扣
啵扣啵扣
啵扣
終於，在颱風來之前，我們三人順利抵達那座小島。
太好了！我們就快上岸了。各位讀者，如果想和我們三個一起前往那個神祕世界探險的話，
就請跟我們一起來吧。嘻嘻呵呵。
呼！累死我啦！我們的屁全部都放光光了——

佐羅力他們三人一登上岸，立刻往叢林前進，開始尋找那個珍貴的東西。
伊豬豬、魯豬豬，把橡皮艇折好帶著一起走。
遵命！佐羅力大師。

怪傑佐羅力之
悠哉假期大作戰！

作者 **佐羅力**　譯 周姚萍

他們才前進沒多久，
那個東西，
就出現在三人眼前。
就是它！
我們就是想
好好看它一眼。
佐羅力他們
立刻跑過去……

噢呀！
一隻巨大的恐龍腳擋住三個人的去路。
你們就是來偷我們寶貝蛋的鼠輩嗎？

大恐龍高高舉起他的腳，打算朝佐羅力他們一腳踩下，這時……

恐龍媽媽慌慌張張的跑過來阻止。

還好，佐羅力他們還沒被踩扁。

「這是佐羅力大師，

還有他的跟班伊豬豬先生、
魯豬豬先生。」恐龍媽媽一說，
後面跟著她跑過來的小恐龍們
也全部一起大喊：
「媽媽說得對。
爸爸，佐羅力大師他們
曾經幫助過我們很多次唷。」

○讀到這裡，可能已經有人想起
曾經看過恐龍媽媽與她的孩子們。
不過，我還是說明一下
關於這個恐龍家族的故事吧。

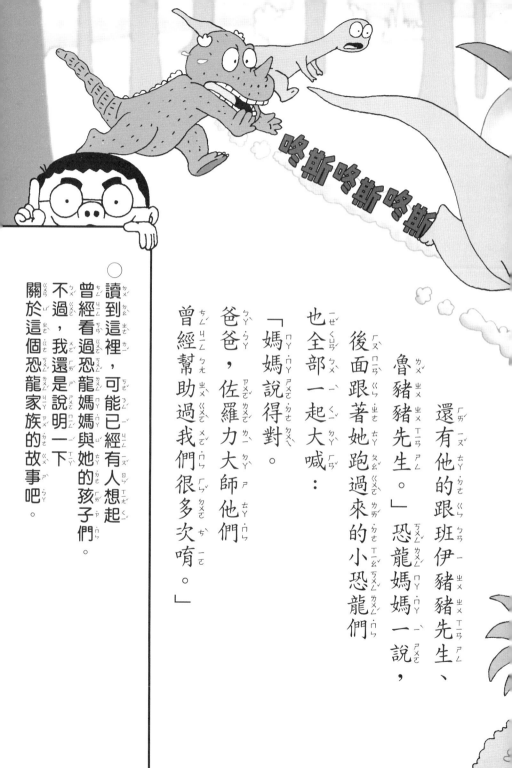

現在 爲大家解開恐龍家族的祕密

○ 在南方有個名叫「歐多」的小島，
就像奇蹟似的，那裡還有恐龍存活！
恐龍爸爸、媽媽和兩個小孩一起生活，
而且，他們很快就要增加新的家族成員啦，
因為恐龍媽媽生下一顆很大的恐龍蛋。

○ 因為突發事件的緣故，從沉睡的蛋孵化而出的怪獸寶寶。他曾經因為想念媽媽，而意外造成恐怖的破壞。佐羅力特地將他帶來這座小島，請溫柔的恐龍媽媽照顧他。

○ 以前，這頭恐龍在還是小寶寶的時候，曾經被人綁架，帶離歐多島。佐羅力幫助恐龍媽媽將他救出來。

○ 落落大方、心胸寬大的恐龍媽媽。
對兩個孩子的照顧完全不偏心，
既嚴格又慈愛的養育著他們。
現在，她滿心期待新生命誕生。

最新內幕
恐龍家族裡居然有爸爸！
小恐龍被綁架時，他因為到處尋找新的搬家地點，不在小島上，所以，這一次，是他和佐羅力第一次見面。身為一位父親，居然沒有盡力保護孩子，恐龍爸爸到現在還非常懊悔。他絕不允許有人靠近孩子或蛋、輕碰他們一下。就在他情緒這麼緊繃的狀態下，佐羅力他們闖入了。
恐龍爸爸
對不起，因為我太想好好保護小孩，才會對你們做出這麼沒禮貌的事，請各位原諒。
我們一聽說恐龍媽媽生下一顆蛋，就馬上跑過來祝賀啦。
那麼，我們就繼續往下說故事吧！
☆如果你想知道更多關於這個恐龍家族的事，請閱讀《怪傑佐羅力之拯救小恐龍》和《怪傑佐羅力之大怪獸入侵》。

「哇！果真是很酷的恐龍蛋呢！
恭喜恭喜。」
恐龍爸爸聽到佐羅力的稱讚，
開心得眼睛瞇成一條線，說：
「佐羅力大師，
請務必親眼看著我家孩子
活蹦亂跳的破殼而出。」
「生命充滿了神祕！
能目睹生命的誕生，

是多麼難得的經驗哪。

喂，你們兩個也跟我一起悠悠哉哉，
一邊養精蓄銳、恢復精神，
一邊等著那天到來。」

佐羅力一轉身，看到伊豬豬和魯豬豬
被新鮮的地瓜和水果包圍，
一副超幸福的模樣。

他們兩個，哪會有什麼理由反對呢？

於是……

恐龍媽媽孵著蛋，
大家一起圍繞在
她的身邊，
分享彼此的故事。
說著家族的故事，
說著旅行的故事，
其樂融融。

海面上的
風吹來，
吹呀吹，
吹得舒服極了，
大家不知不覺
進入夢鄉，
沉沉
睡著了。

呼呵呵呵
一直說到夜深，
整座小島都被大家快樂的笑聲包圍著。
然後……

佐羅力做了一個夢；
在夢裡媽媽抱著他，
溫柔的唱著搖籃曲。
然而，
清晨來臨時，
這份幸福卻被破壞了。

颱風正往小島
直撲過來！
恐龍媽媽發現不對勁時，
她懷裡的恐龍蛋
已經被強風捲走，
滾上了懸崖。
「糟了，這樣下去，會掉進海裡的！」
恐龍爸爸晃動著巨大的身軀
追上去。

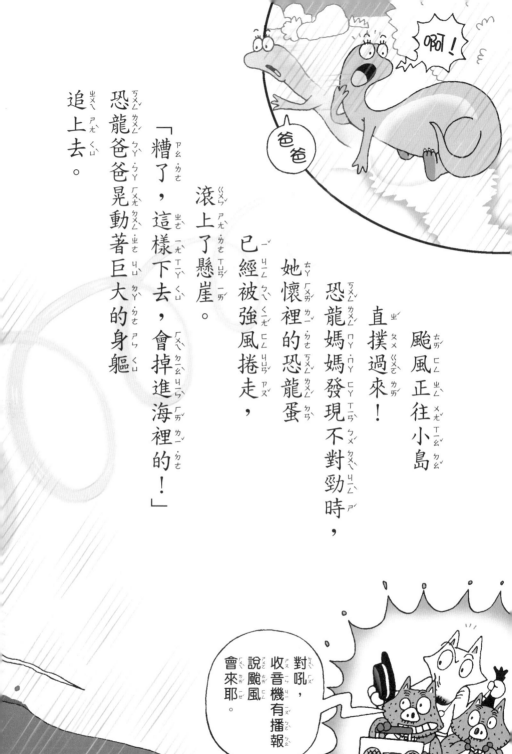

由於想要
守護恐龍蛋
的強烈決心，
恐龍爸爸伸出
長長的尾巴，
就在恐龍蛋差點
掉進海裡的前一刻，
牢牢的捲住它。
然而……

①
因為雨下得很大，地面鬆軟，
恐龍爸爸的腳陷進溼泥裡，
竟然從懸崖上滑下去，
他的腰部受到強烈的撞擊。
嗚啊
叩咔
因為這樣，
恐龍蛋
從恐龍爸爸的
尾巴上
②
追上前來的怪傑佐羅力
奮力拋出繩索，
順利套住恐龍蛋，
打算將蛋
拉回來。
嚕嚕嚕嚕
來，
伊豬豬、魯豬豬，
使盡吃奶的力氣
用力拉。

滋溜滑走，
飛進海裡。
於是，

③

然而，
滾落力道很強的
巨大恐龍蛋，
被這麼一拉，
反而拖著他們三人，
一起掉進
波濤洶湧的大海裡……

親眼目睹這一切的
恐龍媽媽拚命追，
眼看著她就要追著恐龍蛋，
跳入海裡。

等等！
恐龍媽媽你要是現在跳進海裡，
也會陷入危險的。
本大爺跟你約好！
本大爺一定會將這顆珍貴的恐龍蛋帶回來，
爸爸，你還好嗎？

所以，放心等著吧。對了，恐龍爸爸因為拚死守護恐龍蛋跌下懸崖，你快點去救他。
當佐羅力說完這些話，他們就跟著緊抱住的恐龍蛋被大浪吞噬，消失在黑暗中。
媽媽，我想佐羅力大師一定會說到做到的。
嗯，我也這麼想。

接下來，不知道經過多久，颱風遠離了，天空一片晴朗，根本很難相信剛剛還颳著狂風驟雨。

佐羅力睜開眼睛看著恐龍蛋，他想起之前發生的事。

緊急出動！怪傑佐羅力守護恐龍蛋

文·圖 **原裕**　譯 周姚萍

但是，佐羅力現在甚至
連他們在哪裡都不知道。
這時，魯豬豬一副很開心的
模樣說：

「佐羅力大師，快看快看，
我發現看起來很好吃的
章魚腳耶。
我要享用嘍。」

魯豬豬張開大大的嘴，
大口一咬……

噗唧
伊豬豬因為身上
披著泡泡紙披風
所以能浮在海上

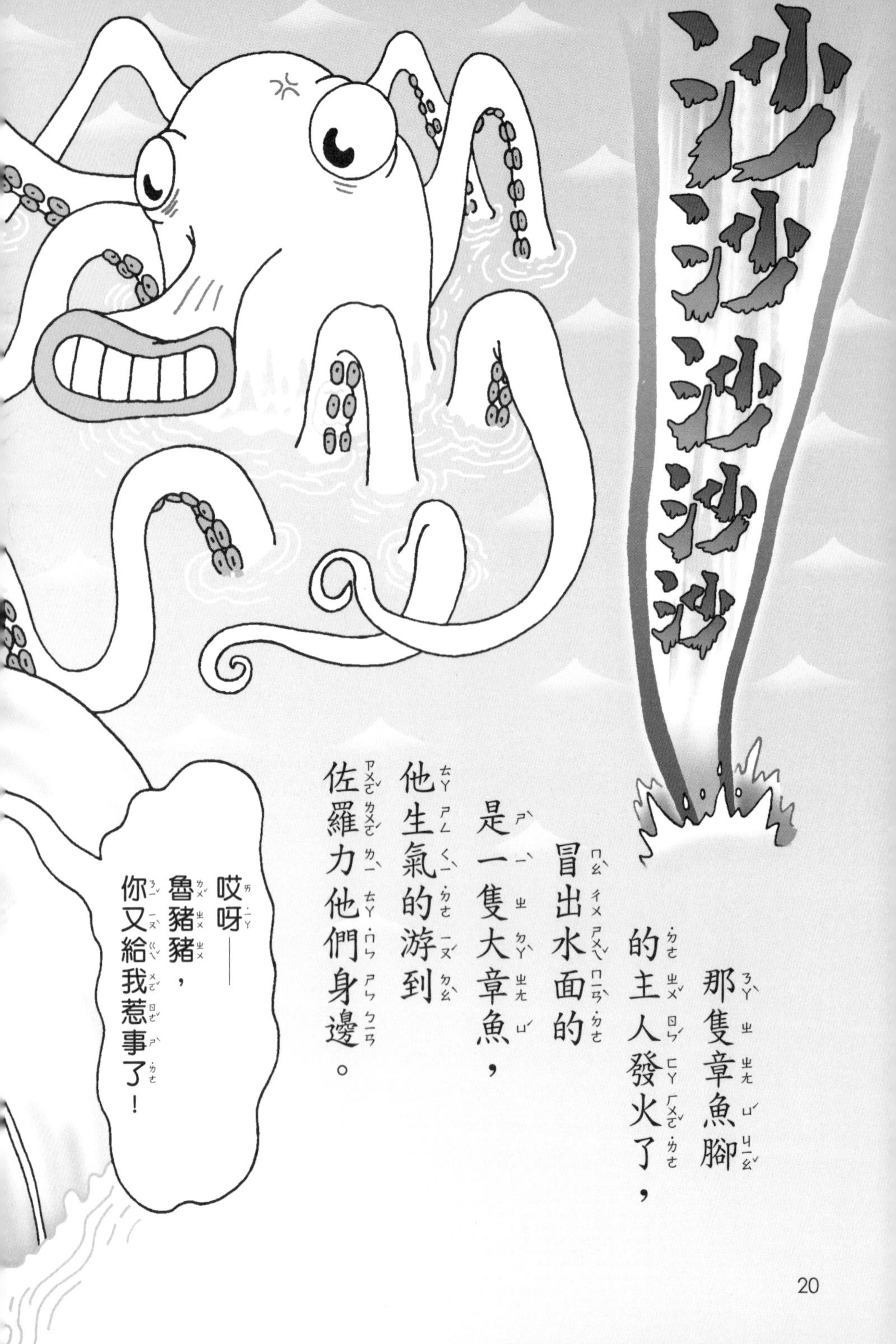

那隻章魚腳的主人發火了，
冒出水面的是一隻大章魚，
他生氣的游到佐羅力他們身邊。

要是恐龍蛋因為這樣破了，
那可不行。

他們三個合力以腳拍水，推著恐龍蛋，
沒命的開始邊遊邊逃。
然而，巨大的章魚在後面緊追不捨，
他們哪可能逃得掉呢？

難道，佐羅力他們不管怎麼樣都沒辦法盡量和大章魚拉開距離嗎？

沒錯，那是當然的。

而且在他們前方，又出現一頭大鯨魚，正張開血盆大口等著吞掉恐龍蛋。可是佐羅力看到這情形，不知道為什麼嘻嘻笑了，雙腳也不再打水，反而

隨波逐流，
讓大鯨魚
將他們
一口吞進
肚子裡。

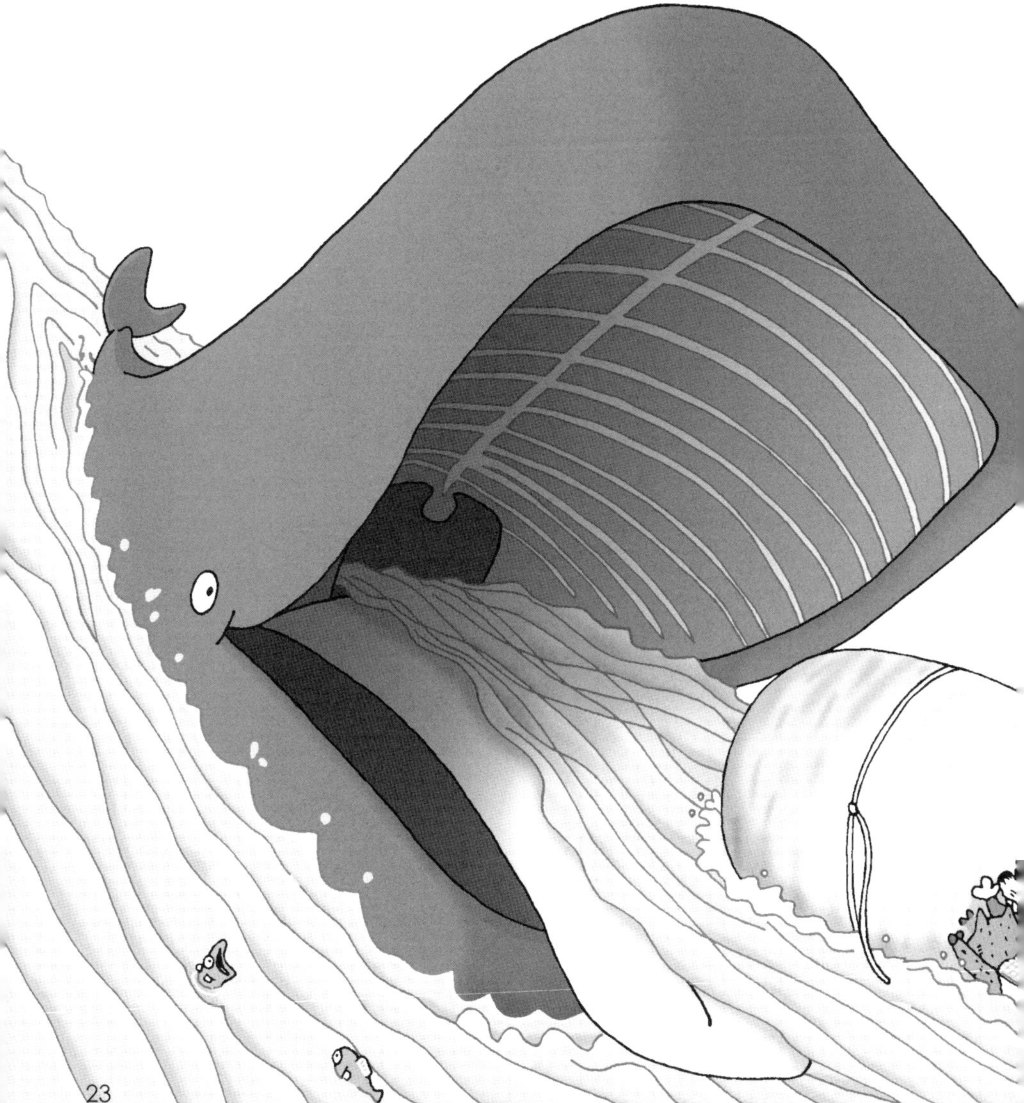

鯨魚的肚子裡黑漆漆的。

「佐羅力大師，怎、怎麼辦？」

伊豬豬和魯豬豬覺得四周烏漆墨黑很嚇人，

但佐羅力卻不慌不忙，

看起來非常鎮定。

喂，

你以為本大爺是誰？

本大爺可是即使被吞了、被吃了，

也一定能完美逃脫的

佐羅力大師。

況且，我們又不是真的

被吞進肚子裡吃掉，
只不過是進來避個難而已。

佐羅力說著，
打開海中手電筒，看到鯨魚肚子裡，
滿是船的殘骸與垃圾。
「我說呀，這頭貪吃的鯨魚，
除了食物以外，
還真是吞了各式各樣的東西呀。」
佐羅力將這些東西當作材料，

做成潛望鏡，
從鯨魚的噴氣孔伸出去，
仔細觀察外頭的狀況。
這麼一來，
等鯨魚帶著他們
靠近陸地時，
他們三人和恐龍蛋
就不需要繼續
在海上漂流了。

過了不久，
他們已經發現最適合登陸的沙灘了。
「嗯，好，為了成功逃脫，
第一步就是
要讓鯨魚的嘴巴張開。」
就在佐羅力這麼喃喃自語時，
不知道為什麼，
鯨魚的嘴巴開始張大。
而且，哎呀呀……

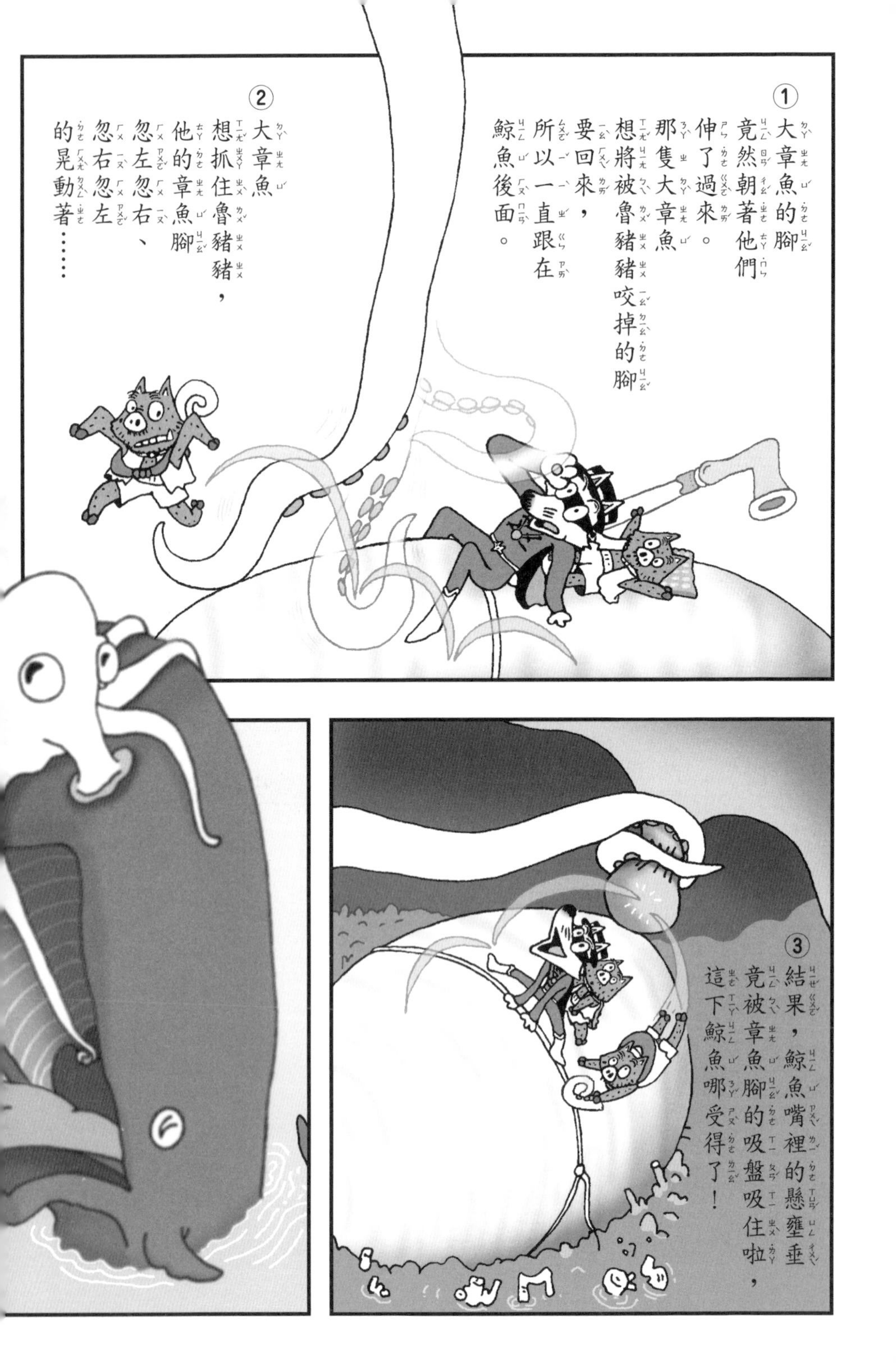
①
大章魚的腳
竟然朝著他們
伸了過來。
那隻大章魚
想將被魯豬豬咬掉的腳
要回來，
所以一直跟在
鯨魚後面。
②
大章魚
想抓住魯豬豬，
他的章魚腳
忽左忽右、
忽右忽左
的晃動著……
③
結果，鯨魚嘴裡的懸壅垂
竟被章魚腳的吸盤吸住啦，
這下鯨魚哪受得了！

鯨魚露出痛苦的模樣，不停扭動身體，然後，把恐龍蛋吐出來。

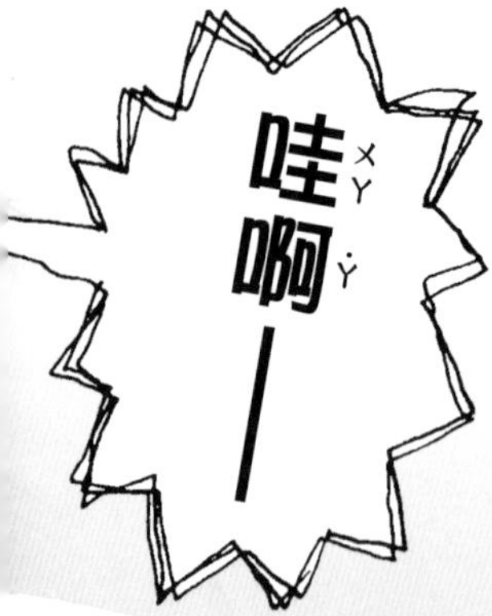

然而，死不放棄的大章魚，
跟著從鯨魚身上
躍向恐龍蛋。

結果，
大章魚飛躍的力道，
偏移了恐龍蛋飛行的角度。

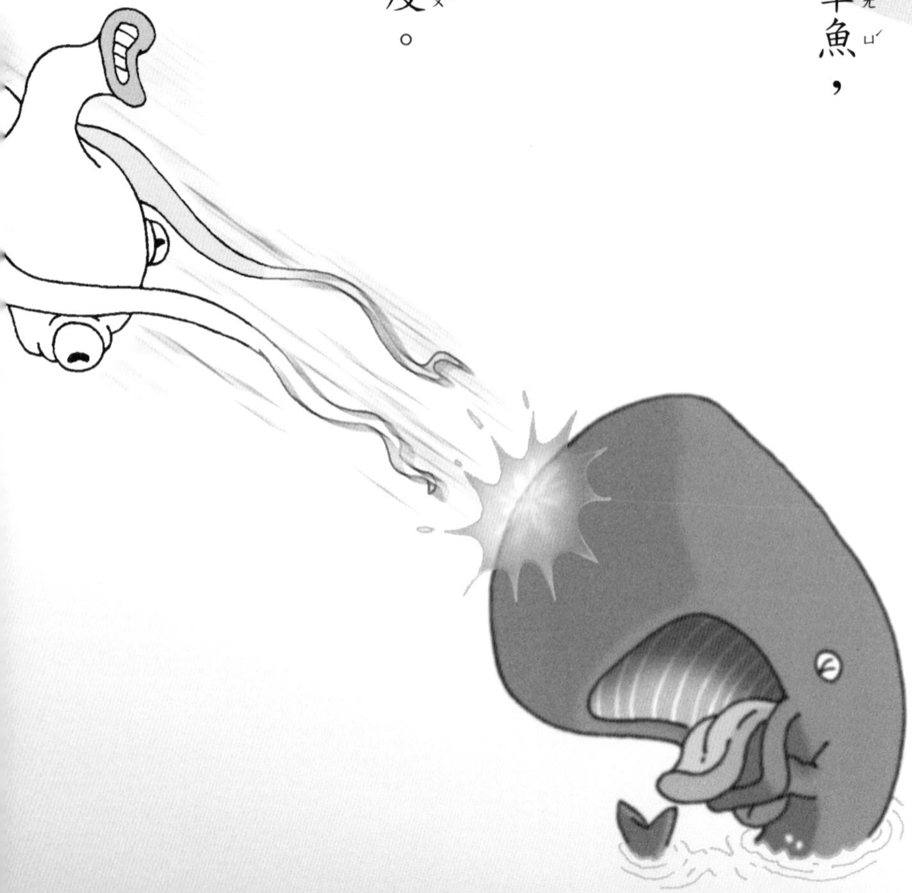

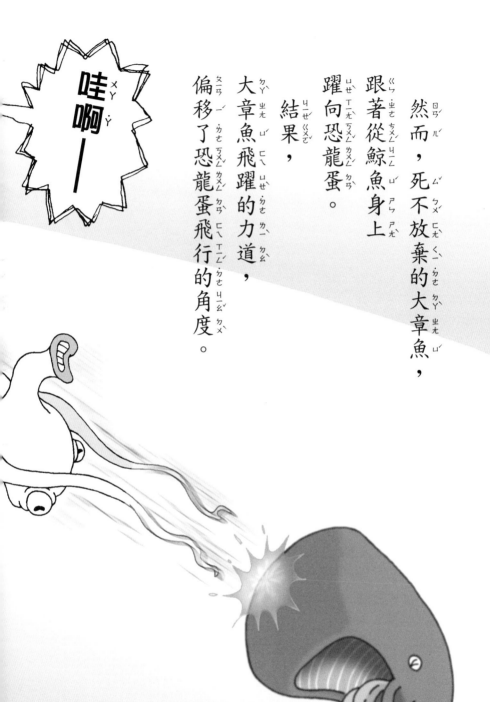

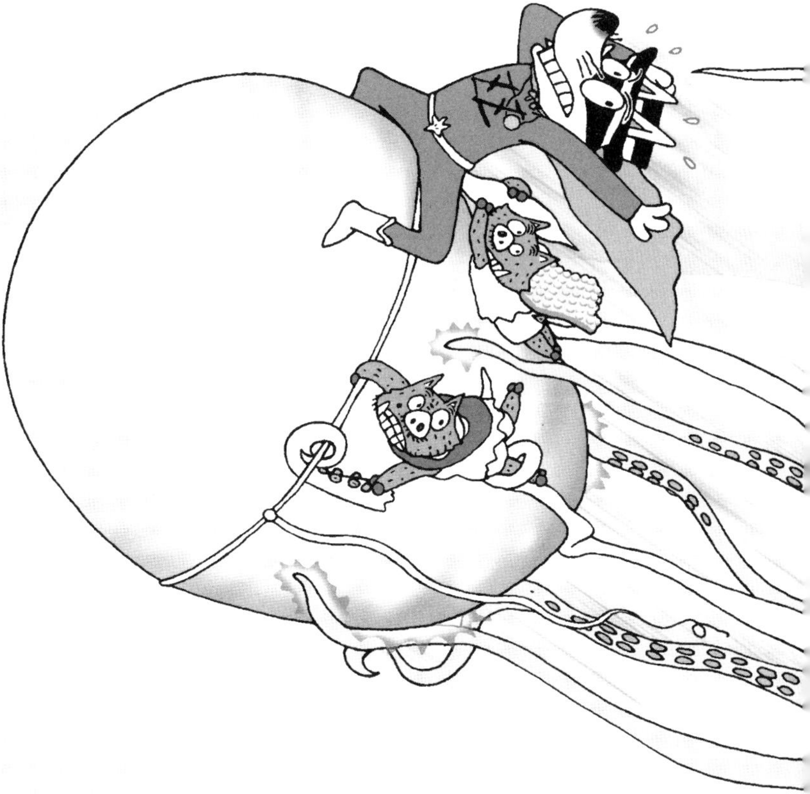

佐羅力他們
遠離了
原本打算
登陸的沙灘。
他們往下方
一看……

發現他們正朝著險峻的岩石山飛過去。

如果在那裡著陸的話，

恐龍蛋一定無法承受，

一定會撞成千千萬萬的碎片。

不過，在這之前，

恐龍蛋已經被大章魚的腳

緊緊纏住，

發出磨擦的聲音。

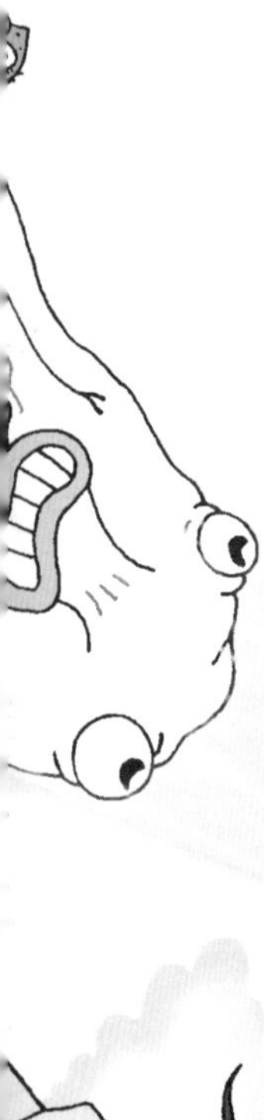

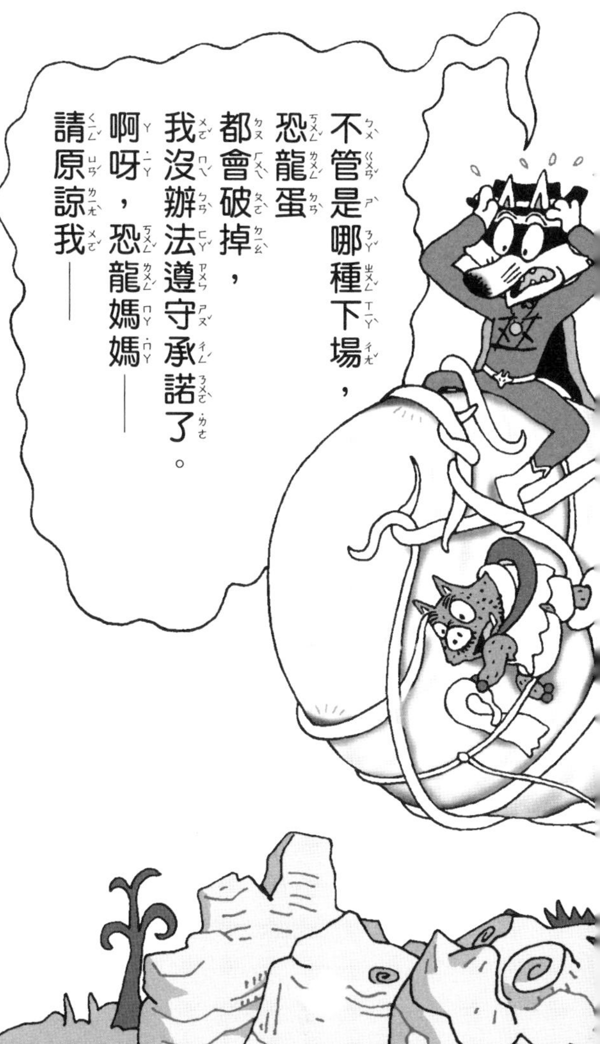
不管是哪種下場，
恐龍蛋
都會破掉，
我沒辦法遵守承諾了。
啊呀，恐龍媽媽——
請原諒我——

坐在恐龍蛋上頭的佐羅力，只能抱著頭，眼看著他們朝岩石山的山頂俯衝而下。

結果，
一直死命
抓住恐龍蛋不放
的大章魚，
卻因為頭重腳輕，
腦袋先落地，
往地面
重重的一撞！
因為這樣，

彈力十足的章魚腦袋
成了保護墊，
恐龍蛋也奇蹟似的沒破。
而且大章魚還被恐龍蛋壓在底下，
壓得扁扁的。
「成功了，成功了，太棒啦——」
伊豬豬和魯豬豬一落地，
就高興得蹦蹦跳跳，
但佐羅力卻突然變得很不高興。

「幹麼在這種時候放臭屁！」

被罵的伊豬豬和魯豬豬
發出強烈的抗議：

「這些不是屁——」

「那是什麼？」

佐羅力往四周一看，
岩石間冒出了瓦斯。

而且，
泡在池子裡的

大章魚腳
已經煮熟
變得紅通通了。
「原來這裡是火山哪。
對不起，臭味是硫磺瓦斯
發出來的才對。
糟了，如果一直待在這裡，
恐龍蛋也會像大章魚一樣被煮熟的。
我們要快點下山！」

☆佐羅力從後頭
專注的將恐龍蛋
往前滾，
特別小心
不讓蛋撞上岩石。
咻～
咻～

堆積著凝固熔岩的道路，
走起來相對比較平坦，
而且好像還可以滾著恐龍蛋下山。
但是，絕對不可以大意呀。
要是太粗魯，滾著滾著，
害恐龍蛋裂開，那就慘啦。
佐羅力他們非常
小心謹慎的
往山下走。

慢慢來，別急。
然而，前方的道路，並非一直都這麼平坦——
啪
☆伊豬豬用鼻子用力噴氣，吹走路上的小石子，留意著不讓它們碰傷恐龍蛋。
☆魯豬豬將那些擋在路上比較大的熔岩塊踢走。
踢
踢
呼
哼
踢
有高低差的地方更是要特別注意。

佐羅力他們拚了命，
一邊守護恐龍蛋，
一邊在險峻的山路上，
持續前進。
①遇到小小的坑洞，用尾巴填平。
④或利用章魚腳上的吸盤緊緊把蛋拉住，
⑤用整個背部頂住
嘶嘶嘶嘶
⑥到了陡坡，為了避免蛋滾下山，大家變成煞車器。

②萬一遇上凹凸不平的地方，利用身體當成墊子，
哇呀～
呀啊～
③有時候，得變成一座橋，
但是，更危險的道路還在後頭。
⑦遇上深洞，就
疊羅漢的方式
填平坑洞。

這是窄得讓恐龍蛋差一點要掉下去的道路。
用往後仰的滑冰花式動作拓寬道路……
•伊豬豬和魯豬豬向後仰的滑冰花式動作！

兩旁的岩壁突出，導致路變窄時，要特別留心恐龍蛋別被岩壁碰傷。
呀啊~
哎喲！
為了使恐龍蛋在搬運過程中不裂開，他們簡直拚了老命。

他們總算走過最辛苦的那段路，終於來到一個寬闊的地方。
恐龍蛋既沒有擦傷也沒有割傷、撞傷。
不過，他們三個都已經累得慘兮兮。
正想稍微休息一下，想不到，他們的手才鬆開……
啊，等等！
恐龍蛋竟然從斜坡滾下去。

佐羅力他們慌慌張張的追過去，
恐龍蛋因為撞進荒廢村莊的稻草堆中，停了下來。
嘿——稻草成了緩衝物，所以恐龍蛋沒事啦。而且，這不是人力車嗎？太棒了，用這個來運恐龍蛋剛剛好。快點接收這個好東西，準備出發吧。
搬走的話，村裡的人不會生氣嗎？

喂、喂，你好好看清楚。這裡因為火山噴發，不管是屋子或田地，都布滿火山灰。而且，我們所到之處，到處都咕嘟咕嘟冒出滾燙的溫泉。像這種地方，哪還會有人住哇？
這個看起來好像還挺好用呢。

佐羅力這麼說著，馬上將稻草滿滿的鋪在人力車上，並且用繩索，將放到車上的恐龍蛋綑好。

叩嘍叩嘍，佐羅力拉著車下山。
伊豬豬和魯豬豬
連忙從後面幫忙推。
「發現了好東西，
恐龍蛋也超級安全，
真是輕鬆又愉快呀。」
剛剛的辛苦，
好像都不是真的呢。
還有更開心的事呵。

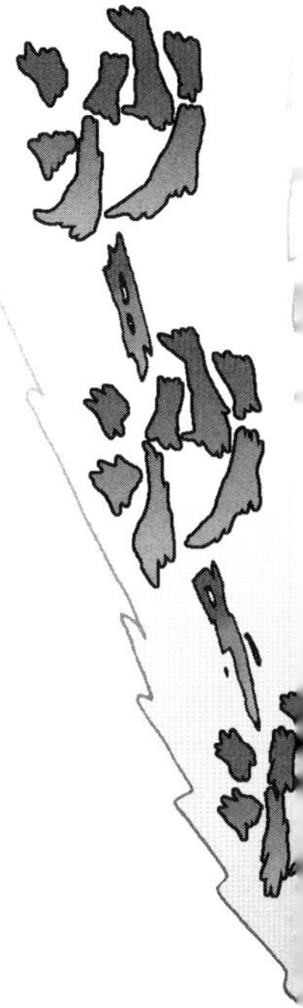

聽見前方傳來流水聲。

「太好了，只要沿著河川往下走，

一定會到達大海！」

拉著車的佐羅力，

腳步變得更輕盈。

轉過彎，

那條河現身了……

河水從吊橋下
奔騰而過。
恐龍蛋要是
從這個高度掉下去，
想不破，
幾乎不可能。
但是，看起來
也只有一個辦法：
過吊橋，然後經過
彎彎曲曲的路，
往下走才能到河邊。

不過，這座吊橋已經很老舊，很多地方都腐朽了。

佐羅力他們深呼吸之後，膽顫心驚的拉著車，慢慢的走上吊橋。

可是，他們三人
一個接著一個走上之後，
看起來似乎沒問題的吊橋，
卻因為承受不住巨大的恐龍蛋，
以及他們三個的重量，
橋斷了，繩子鬆了，
人力車掉下橋，碎成千萬片，
四處飛散。
恐龍蛋雖然還卡在橋上，
但是再這樣下去，
遲早也會落得和人力車一樣的
悲慘命運。

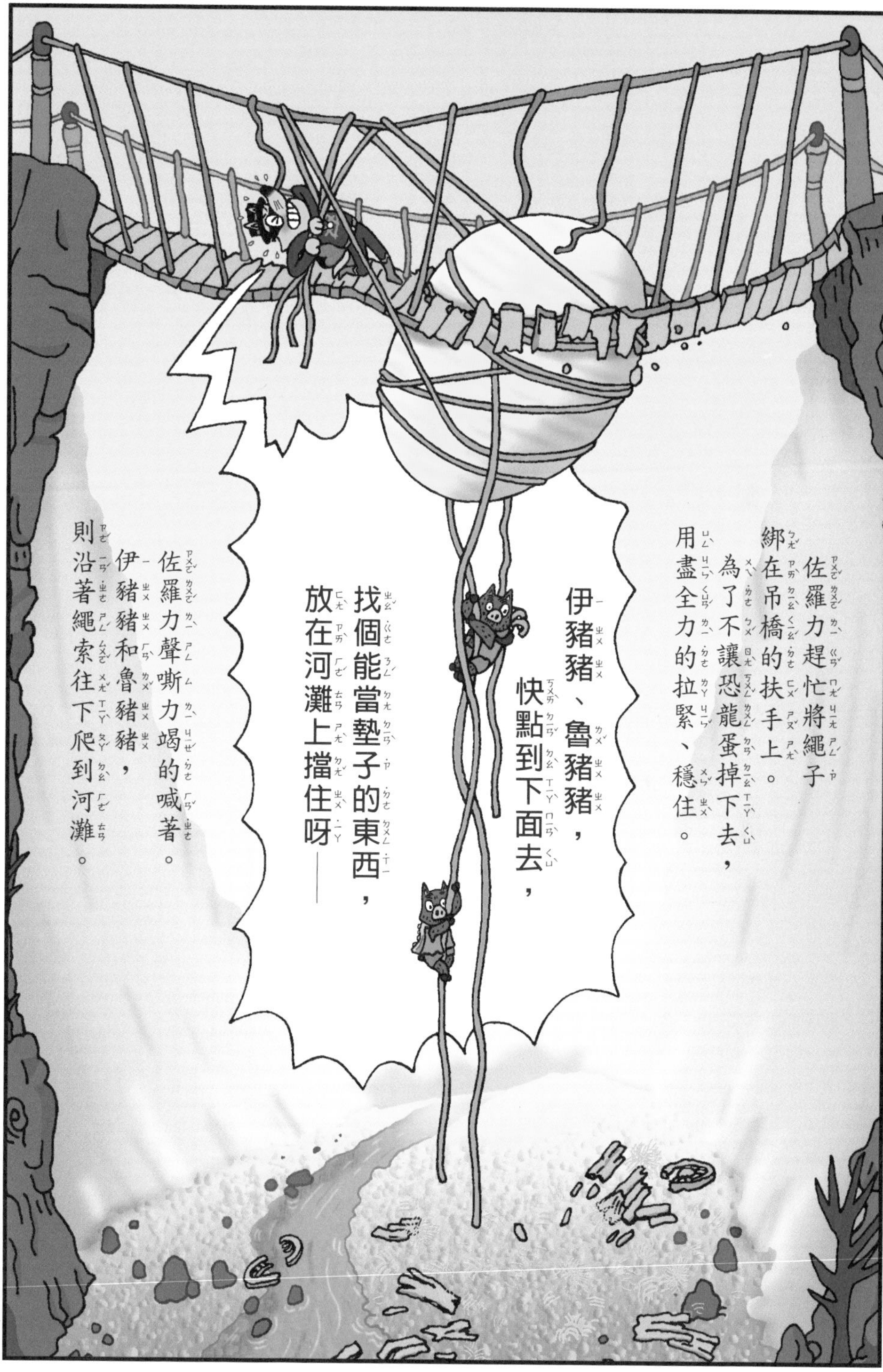
伊豬豬、魯豬豬，
快點到下面去，
找個能當墊子的東西，
放在河灘上擋住呀——

佐羅力趕忙將繩子綁在吊橋的扶手上。為了不讓恐龍蛋掉下去，用盡全力的拉緊、穩住。

佐羅力聲嘶力竭的喊著。伊豬豬和魯豬豬，則沿著繩索往下爬到河灘。

但是，他們下去之後，發現河灘上除了石子，還是石子。
除此之外，只有剛剛和人力車一起掉下來的那些稻草而已。
對了，魯豬豬，橡皮艇！你不是帶著橡皮艇嗎？
我的泡泡紙也可以派上用場。
總之，先蒐集稻草鋪一鋪吧。
魯豬豬連忙拿出橡皮艇吹氣。
加油加油！！
魯豬豬

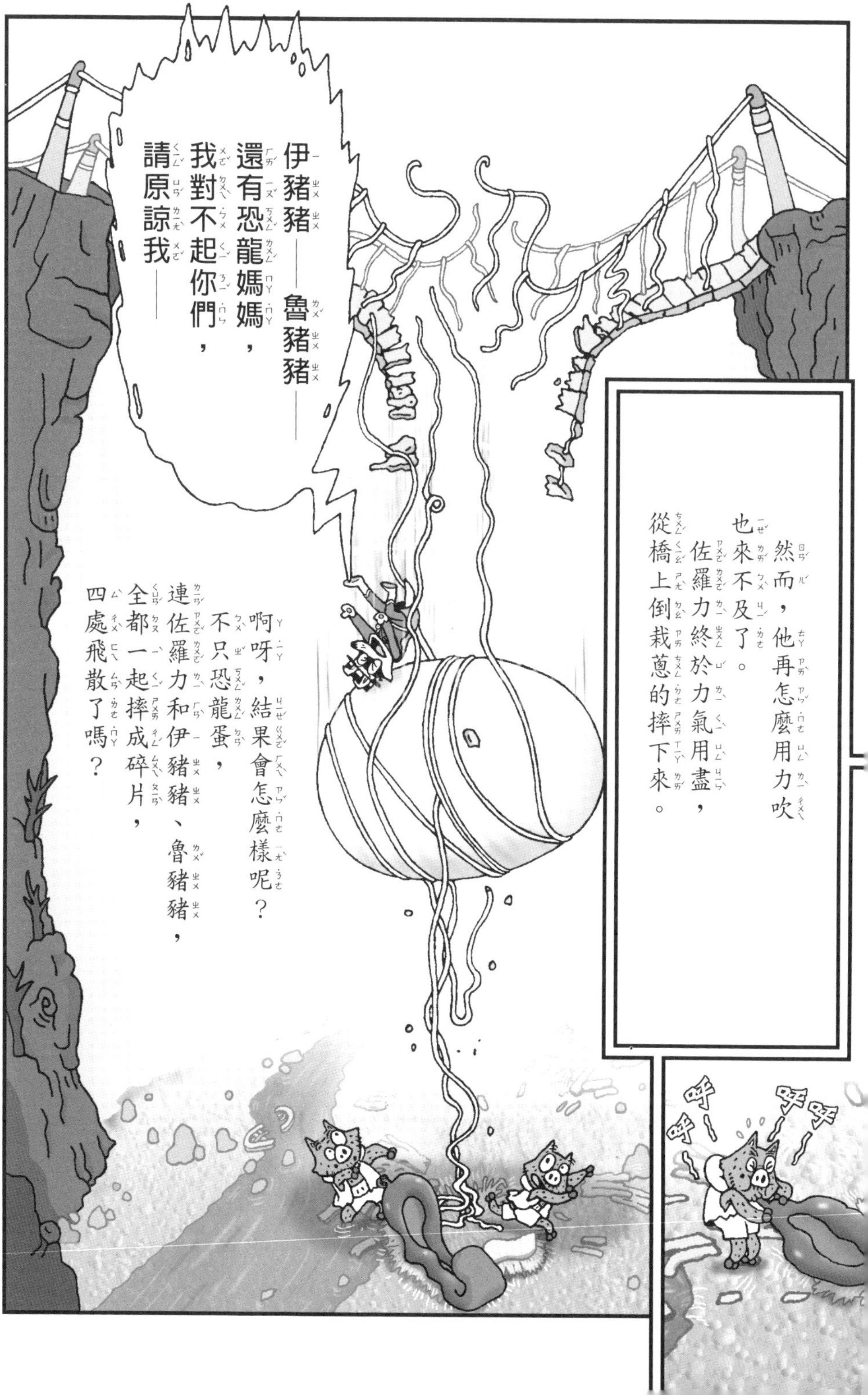
然而，他再怎麼用力吹也來不及了。
佐羅力終於力氣用盡，從橋上倒栽蔥的摔下來。
伊豬豬——魯豬豬——還有恐龍媽媽，我對不起你們，請原諒我——
啊呀，結果會怎麼樣呢？不只恐龍蛋，連佐羅力和伊豬豬、魯豬豬，全都一起摔成碎片，四處飛散了嗎？
呼～呼～
呼～呼～

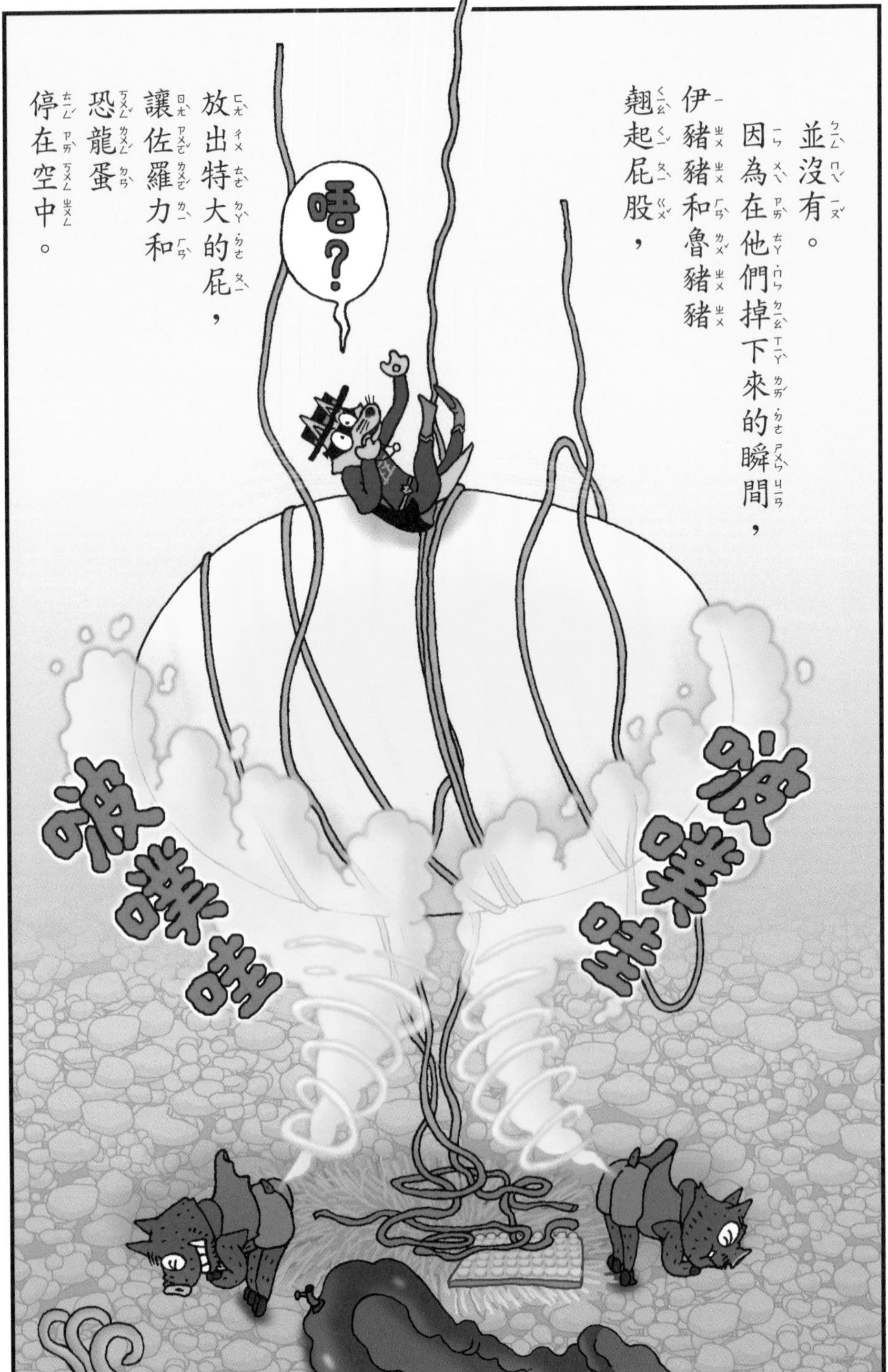
並沒有。
因為在他們掉下來的瞬間，
伊豬豬和魯豬豬
翹起屁股，
唔？
放出特大的屁，
讓佐羅力和
恐龍蛋
停在空中。
波噗哇
波噗哇

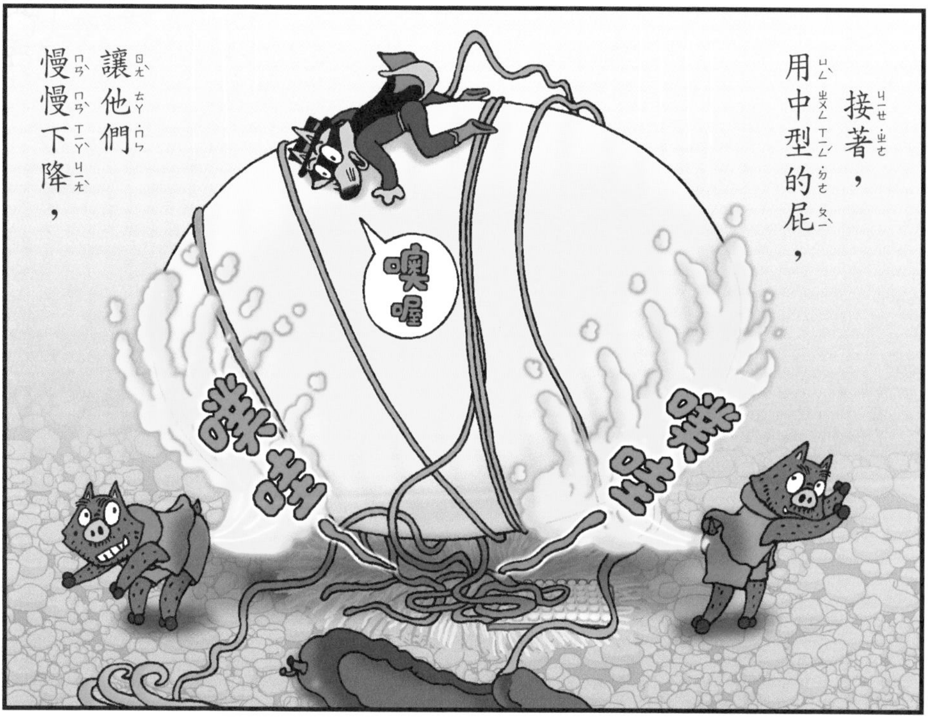
接著，用中型的屁，
讓他們慢慢下降，
噢喔
噗哇
噗哇

然後，再放出小型的屁，總算讓他們輕輕著陸。
兄弟倆放屁的技巧真高超哇。
太完美了！
拍手拍手拍手
噗咻～
噗咻～
輕輕著地

伊豬豬和魯豬豬大大發揮了功能，
使得佐羅力和恐龍蛋
全都毫髮無傷。
由於佐羅力他們
三人都累得半死，
加上天色已經變暗了，
就決定在稻草堆上露宿。

「話說，那真是超完美的屁呀。
你們不愧是雙胞胎，
不但一樣聰明，
放起屁來也同聲一氣。」
佐羅力大大讚美了
伊豬豬和魯豬豬。

「嘿嘿嘿，
都是靠我們
在恐龍島上

吃了一大堆蕃薯，

才辦得到哇。」

伊豬豬一副很高興的模樣說道。

「佐羅力大師，

明天我們要沿著河划向大海。

我會把帶來的章魚腳全都吃掉，

好好加油的！」

當魯豬豬的手伸向火堆，

想拿已經烤熟的章魚腳時……

一隻瘦巴巴的小猴子
死命的抱住章魚腳。
「喂——
那是我們的食物，
快還來——」
雖然魯豬豬用力扯回章魚腳，
但那隻小猴子卻用嘴巴
緊緊吸住章魚腳，
死也不放開。

就在這時，
恐龍蛋

發出了令人不想聽到的
破裂聲。
佐羅力和伊豬豬
轉頭一看，

咦？是有一隻稍微大一點的猴子，
正在喀哩喀哩的啃恐龍蛋嗎？

「喂——」
伊豬豬跑過去，
用力將猴子拉離
恐龍蛋。

「呼——太好了，
還好只有一點點擦傷，
沒出現裂縫。」

佐羅力連忙檢查恐龍蛋，
好不容易鬆了一口氣，
但是才一轉眼，

蛋的上方，
卻傳來金屬敲擊的聲音。
佐羅力抬頭一看，
嚇了一大跳。

一隻更大一點的猴子，
正拿著叉子和刀子，
準備用力刺向恐龍蛋。

「嘿呀——」
震驚的佐羅力爬上恐龍蛋，
硬是將那隻猴子
從蛋上面
拉下來。

哼！你們這些猴崽子真是豈有此理。
佐羅力他們三人，將猴子集合在一起，用繩子綁在大石頭上。
這樣子你們就不能惡作劇了吧。
一放鬆下來，大量倍增的疲倦感襲來。佐羅力他們往地上一躺，不一會兒就睡著了。
呼哇
呼哇
嘶—吸—
嘶—吸—
嘶—哈—
嘶—哈—
到了隔天早上，一睜開眼睛……

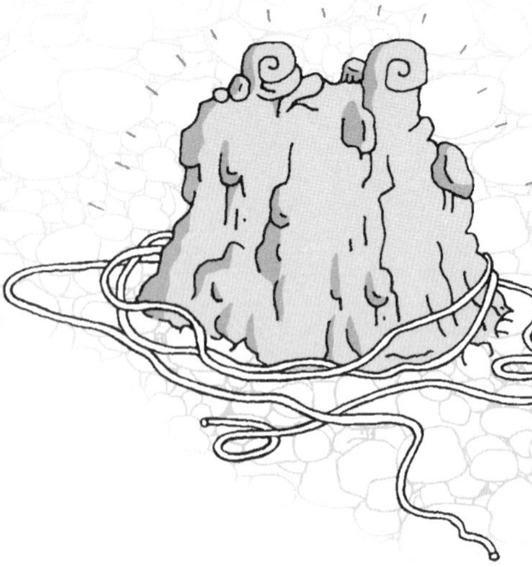

三隻小猴子掙脫繩子，逃走了。

不只這樣，

他們還在那顆貴重的恐龍蛋上塗鴉。

佐羅力看著上頭的文字，

嗯嗯，那些小猴子

好像為了蛋的吃法吵起來，

最後達成共識。

他們一共有八隻，

結果贏得最高票的是「水煮蛋」。

這顆蛋對那些猴崽子們來說太巨大了，

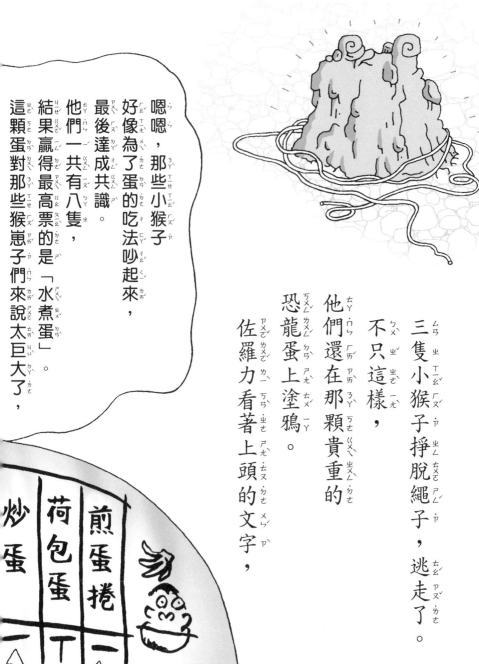

他們搬不動，
所以只能放在原地，
夾著尾巴逃走啦！

這麼解讀著。

「佐羅力大師讚！好強啊！」

伊豬豬佩服得五體投地。

「不過，萬萬不能大意，
要是那些猴子又跑來惡作劇，
讓恐龍蛋裂開，那我們就敗給他們啦。」

佐羅力說著，

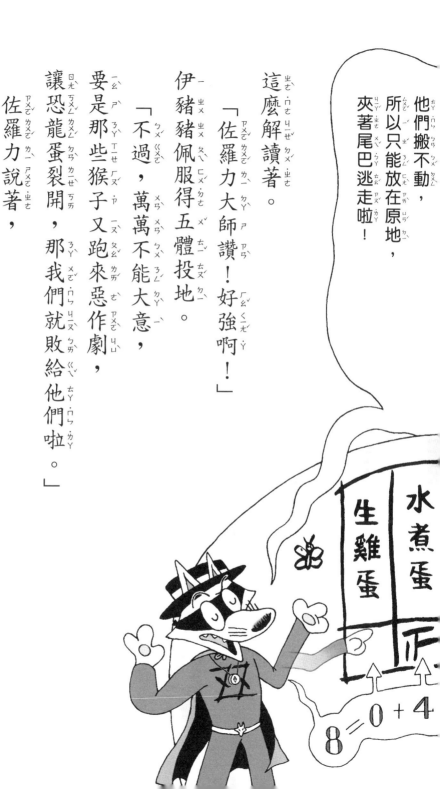

魯豬豬也
好好的
坐在另一側，
令人很放心。
恐龍蛋上的塗鴉，
已經擦得
乾乾淨淨啦。
伊豬豬和魯豬豬
在兩側留意著，
不讓兩邊的岩壁
撞到恐龍蛋。

他們趕緊將恐龍蛋放在橡皮艇上頭，
沿著水流往下游划。
如果能這樣一路順利出海，
靠著佐羅力以指南針
和星星的位置
確認方向，
他們就可以
平安回到
恐龍島吧。

然而，偏偏正有著十六隻眼睛，偷偷盯著他們瞧。

沒錯，就是那群猴子他們還沒放棄恐龍蛋。

用蓬鬆稻草做成的安全防護。
當然，泡泡紙也發揮了功能。
用繩子綁在橡皮艇上的恐龍蛋。
用壞掉的人力車做成的踏板。

在完全沒發現異樣狀況下，佐羅力很帥氣的以釣竿一左一右、一左一右，操控著橡皮艇。

「佐羅力大師簡直像帶著我們泛舟的船老大呀！」

伊豬豬睜圓了雙眼。

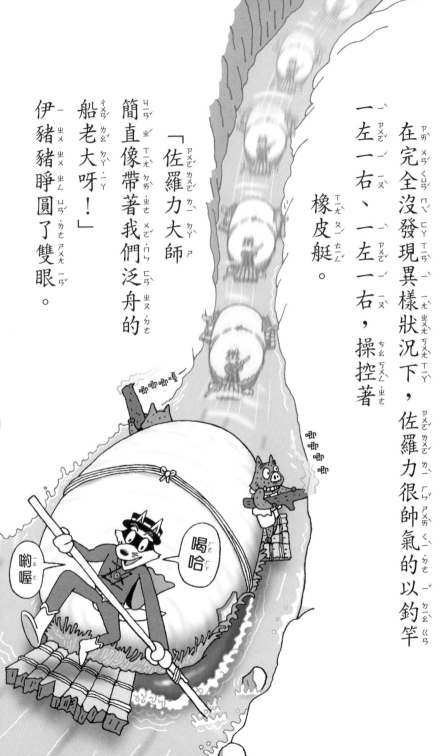

「嘻嘻呵呵，也差不多就是那樣啦！」

佐羅力他們的心情，
就像正要悠閒的去遠足。

另一邊，在岩壁上方，
八個黑影正慌慌張張的
不知道準備著什麼。

而且，其中最大的黑影，
嘟噥了一句說：

「哼，泛舟，好戲才正要開始呢。」

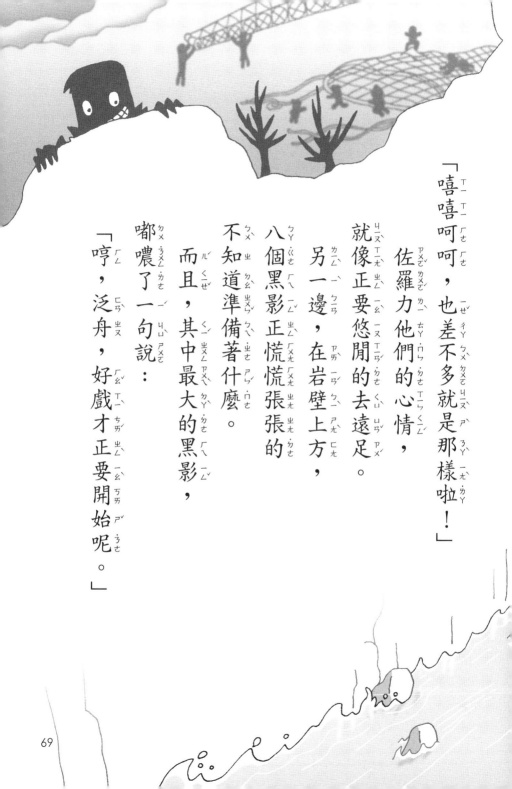

河川的水流，
真的愈來愈湍急。
當橡皮艇撞上岩石時，
就像皮球一樣劇烈的往上彈跳，
佐羅力他們也得緊緊
抱住恐龍蛋才行。
而且，終於來到最驚險的這一幕，
河床上的尖銳岩石
劃破了橡皮艇。

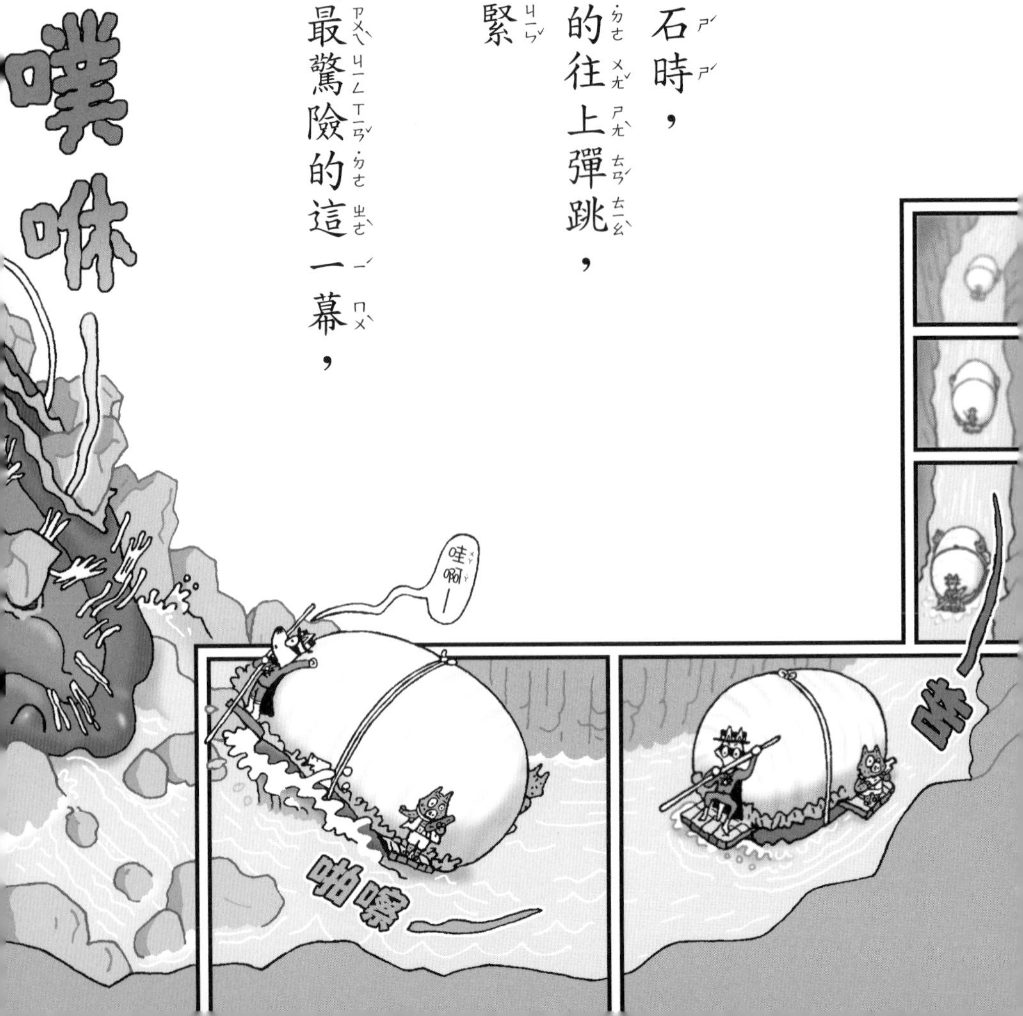

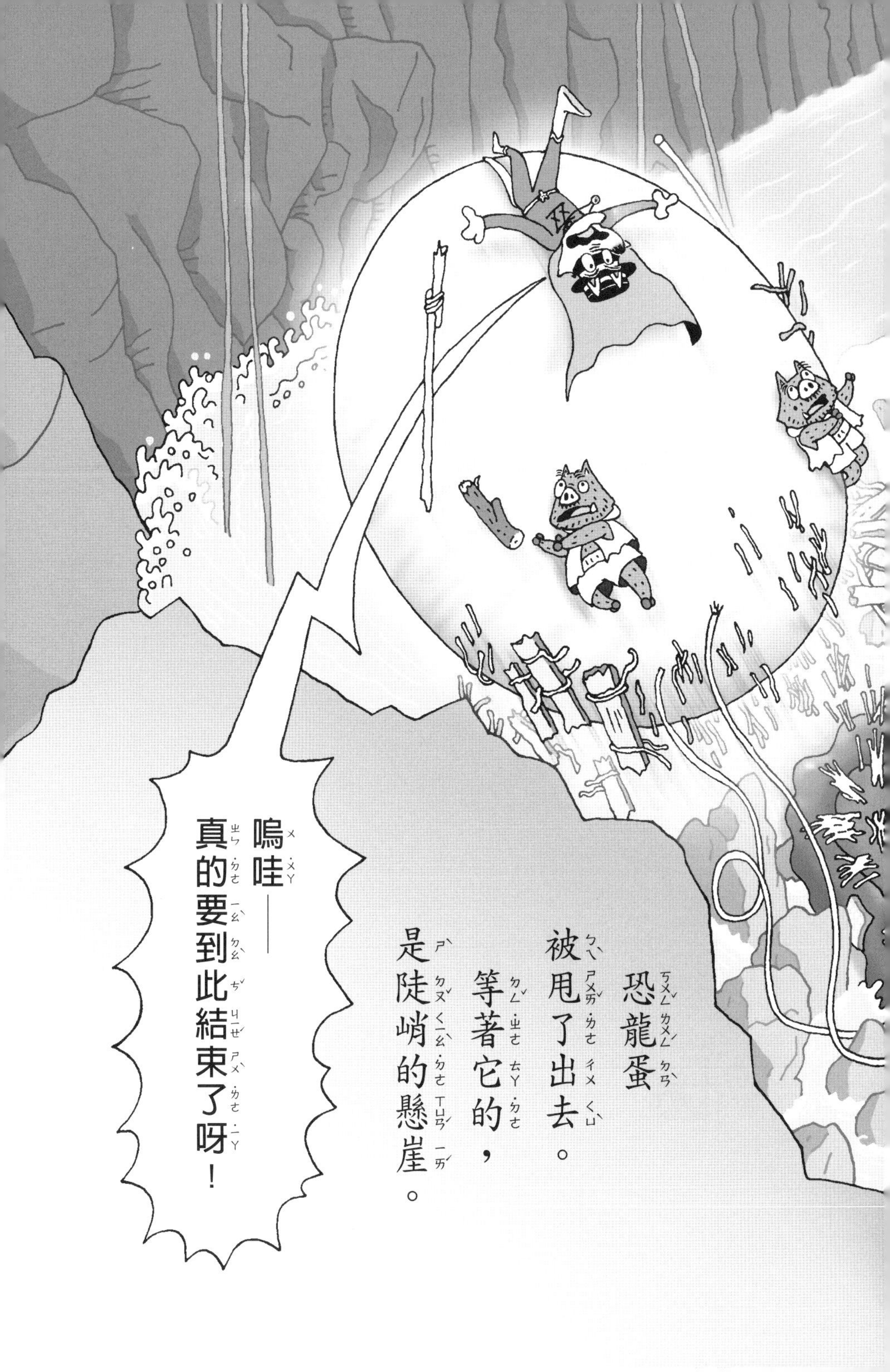
恐龍蛋被甩了出去。等著它的，是陡峭的懸崖。
嗚哇——真的要到此結束了呀！

1
恐龍蛋的面前，
是巨大的岩石。
就在這時，
從河底出現一個大網子，
反向網住恐龍蛋，
咻嚕咻嚕
同時，
一股強大的拉力
猛的將網子往上提。

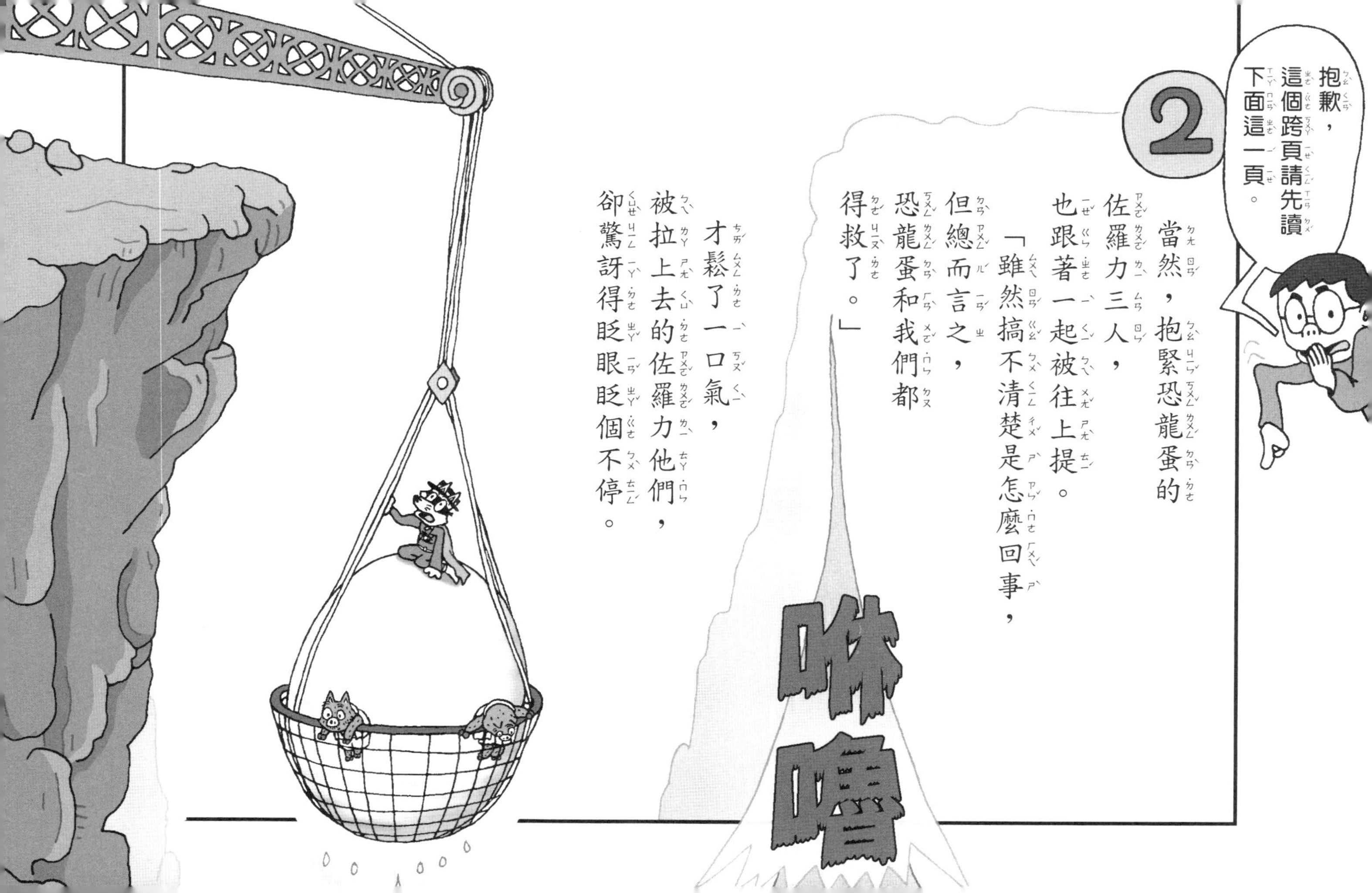
抱歉，這個跨頁請先讀下面這一頁。
2
當然，抱緊恐龍蛋的佐羅力三人，也跟著一起被往上提。
「雖然搞不清楚是怎麼回事，但總而言之，恐龍蛋和我們都得救了。」
才鬆了一口氣，被拉上去的佐羅力他們，卻驚訝得眨眼眨個不停。
咻嚕

那是昨天抓到的三隻小猴子，
以及他們的同伴。
「媽媽，成功了！」
他們紛紛喊著，
並在起重機旁又蹦又跳。
駕駛起重機吊起恐龍蛋的，
是這些小猴子的母親。
佐羅力看到這個情形，
想起恐龍蛋上的塗鴉。

「喂，你們該不會要把這個煮成水煮蛋吧。」

佐羅力一喊，

猴子媽媽說：

「唉呀，您真是太了解了，一旦將蛋放進那裡，你們各位也會一起呀。」

她一邊說，

一邊開始將恐龍蛋移往溫泉那兒。

佐羅力他們三人，慌忙從恐龍蛋上往下跳，朝著猴子媽媽跑過去。

請等等，這顆恐龍蛋，被颱風吹落海裡，隨水漂走。恐龍媽媽還眼巴巴的等著我們將蛋帶回去呢。你也是一位母親，請想想看孩子的媽媽會有多牽掛。拜託，請將恐龍蛋還給我們！

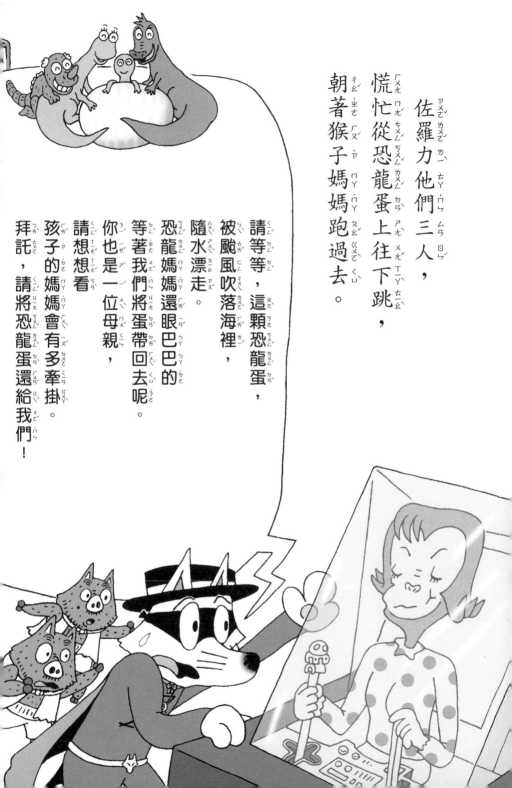

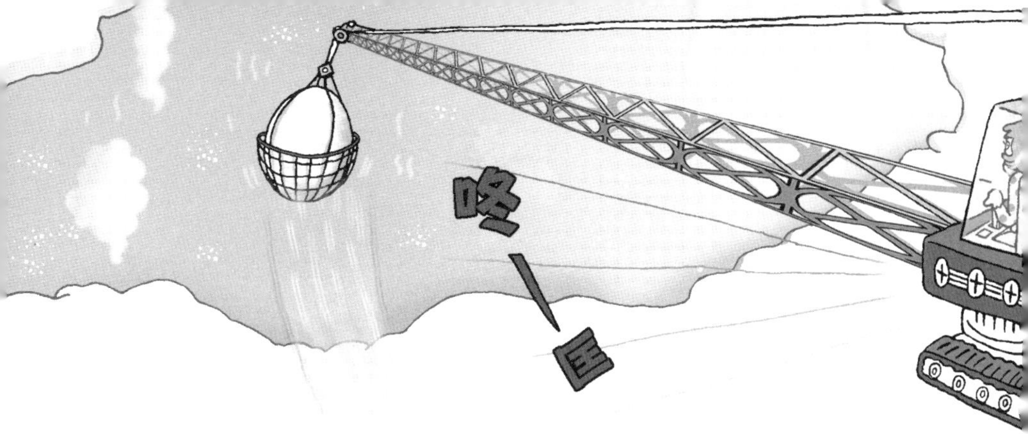

佐羅力向猴子媽媽深深一鞠躬，真心請求著。

不過，猴子媽媽卻說：

「沒錯，我也是一位母親，所以，不會將那顆蛋還給你們。」

她說著說著，還是將恐龍蛋移到沸騰的溫泉上方。

「為什麼？」

猴子媽媽很平靜的對滿臉訝異的佐羅力說：

「你們可能覺得我們是瘦巴巴的猴子，
其實，我們是大猩猩母子。
有一天，火山爆發了，
農田和森林全變成荒地，
到了沒食物可吃的地步。
而現在終於出現了很久都無法吃到的美味，
作為一位母親，
我怎麼樣也要讓那些孩子吃個飽。
請你們諒解。」

大猩猩媽媽
含著眼淚
說道。

不過，

佐羅力當然無法接受。

「如果真的為孩子著想，就別讓他們留在這個什麼都沒有的地方，應該搬走，不是嗎？」

大猩猩媽媽搖搖頭說：

「我們有不得不留在這裡的理由。」

她從懷裡拿出一封信。

那是大猩猩爸爸寫來的信。
我的老公在很多城市來來去去，根本連絡不上。
媽媽、哥力吉、哥力卡、
哥茲、哥魯米、哥里、
哥拉、哥魯，大家都好嗎？
爸爸為了找工作離開村子，
走過很多的城市，
卻沒發現好的工作。
每個月只寄一點點錢回去，
讓大家受苦了。
不過，請大家要開♡一點。
因為，這次我和朋友開始嘗試的工作，
看起來狀況很不錯。
我會加油，成功回故鄉。
我想，我很快就會帶著一大堆禮物回去，
請大家好好相處，互相照顧。
等著那天到來呵。
爸爸

所以，他完全不知道這裡發生了火山爆發。
我們要是搬走，房子也不見了，爸爸回來找不到，該怎麼辦呢？
所以，我們就算餓肚子，還是要努力待在這裡，等他回來。

恐龍媽媽和大猩猩媽媽，
她們記掛孩子的心情，
都是一樣的。
佐羅力不知道該怎麼辦，
只能不知不覺的
抬頭望向天空……

天上的白雲，
看起來好像是媽媽的笑臉。
佐羅力的腦中有如電光一閃，
出現一個點子。

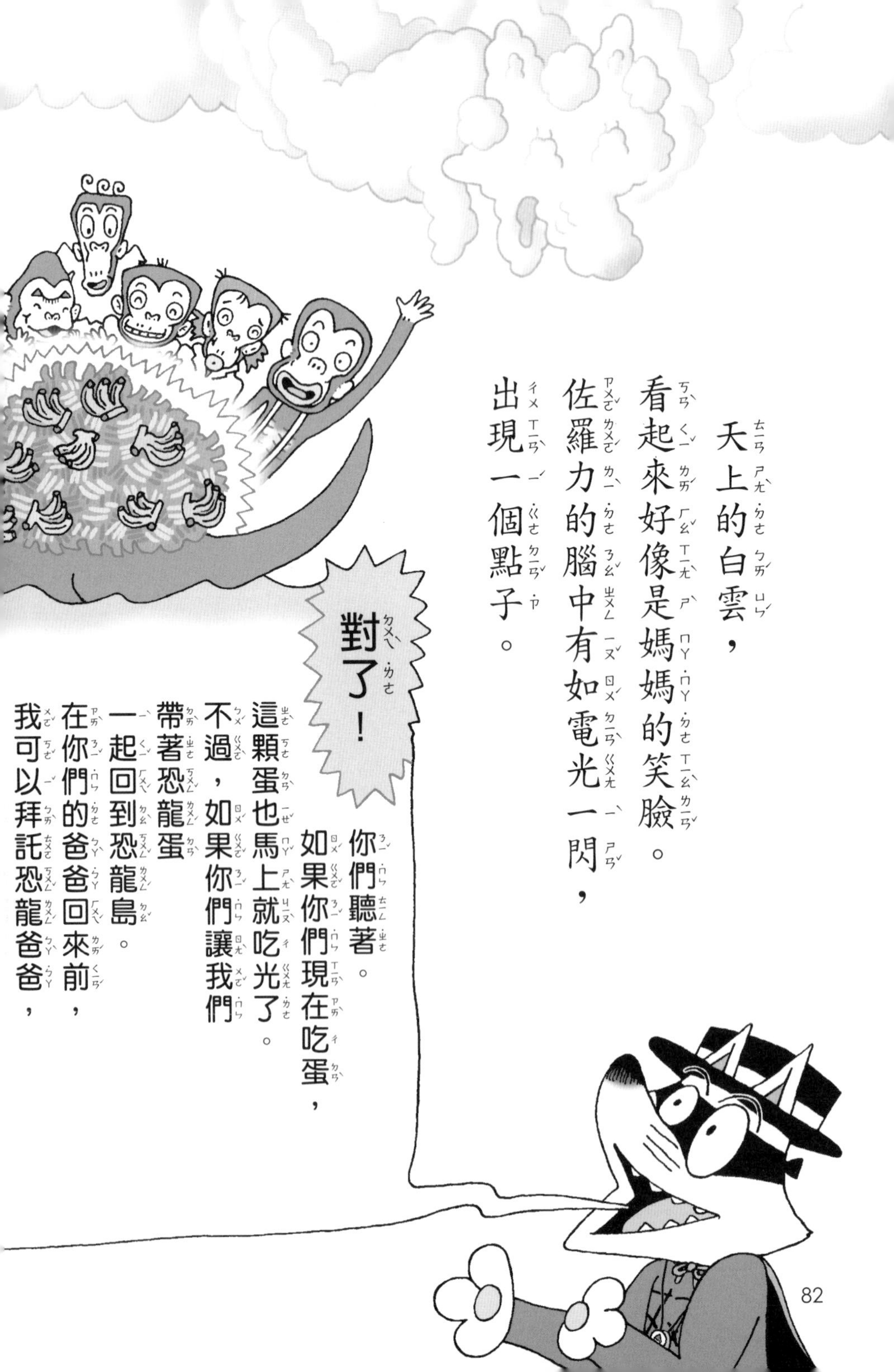
對了！
你們聽著。
如果你們現在吃蛋，
這顆蛋也馬上就吃光了。
不過，如果你們讓我們
帶著恐龍蛋
一起回到恐龍島。
在你們的爸爸回來前，
我可以拜託恐龍爸爸，

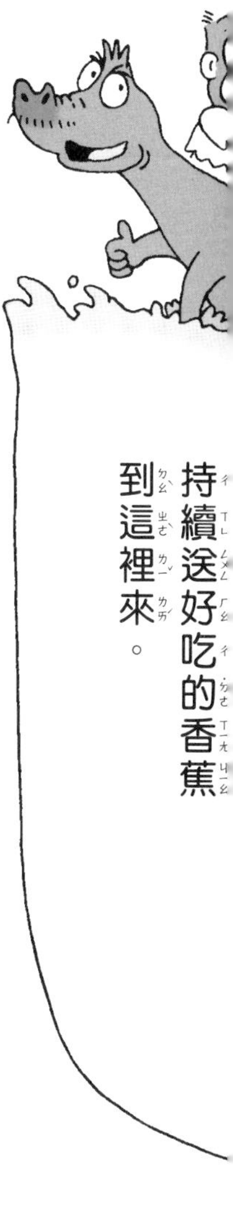
持續送好吃的香蕉
到這裡來。

「真的嗎？每天都能吃到香蕉？」

孩子們的眼睛閃閃發亮。

大猩猩媽媽看著這情形，說道：

「我能相信你們吧？」

「當然可以，一言為定。」

大猩猩媽媽看到佐羅力用力點著頭，

便坐上起重機。

咚——匡

她將被吊在那兒的恐龍蛋移回來。
「請小心的、慢慢的放下來。」
佐羅力拜託著，
但就在這時，
網子好像承受不了
恐龍蛋的重量，
以及溫泉的熱度。
啪的一聲，斷裂了。

就這樣，那顆巨大的恐龍蛋就在佐羅力的眼前……

幾天後，
佐羅力他們
回到恐龍島。

佐羅力
在恐龍一家面前
下跪道歉。

對不起，我沒有遵守諾言，說到做到！請原諒我。

「咦，
這、這是
發生了什麼事？」

「你的意思是……」

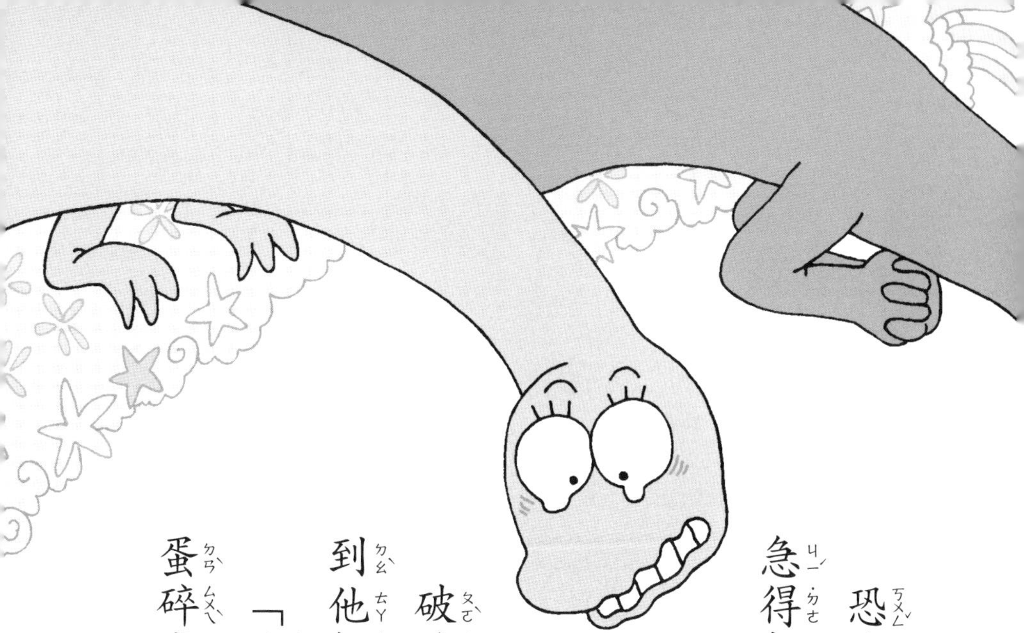

恐龍爸爸和恐龍媽媽，
急得都快哭出來了。

伊豬豬和
魯豬豬，
雙手捧著
破碎的蛋殼
到他們面前。

「就像你們看到的，
蛋碎成這樣……

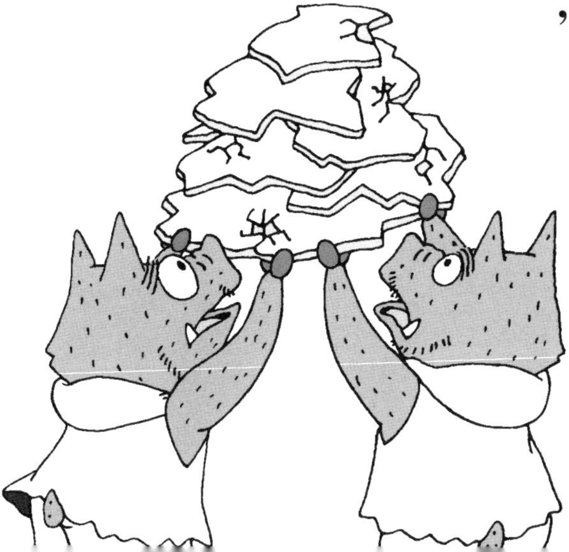

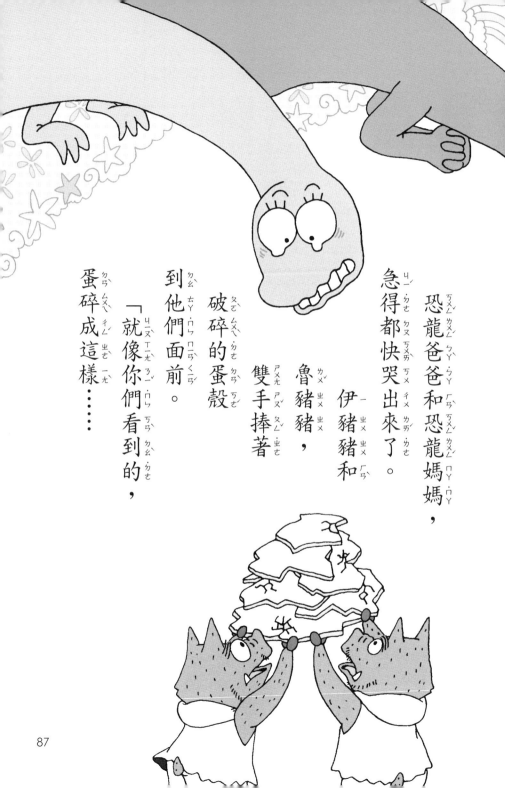

而且恐龍寶寶已經破殼孵出來了——」

大猩猩母子走到前面，將小寶寶交給恐龍媽媽。恐龍媽媽緊緊的抱住小寶寶。

對不起，因為溫泉熱氣的關係，蛋孵化了。

大猩猩媽媽道著歉。

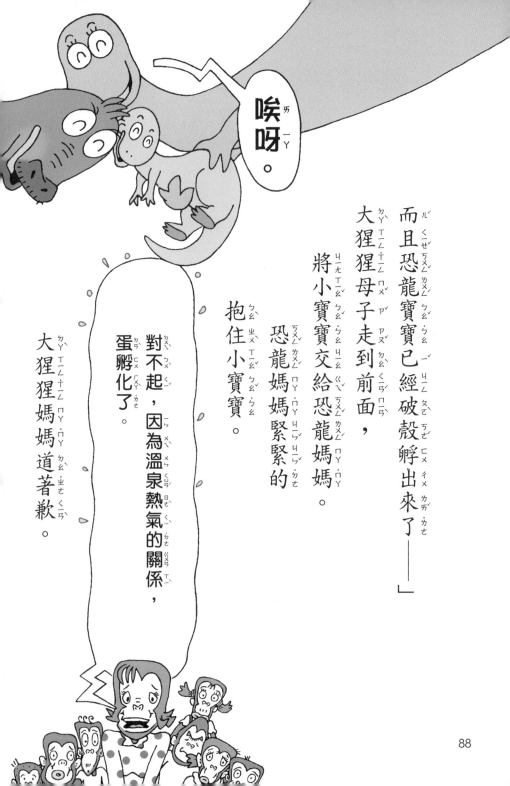

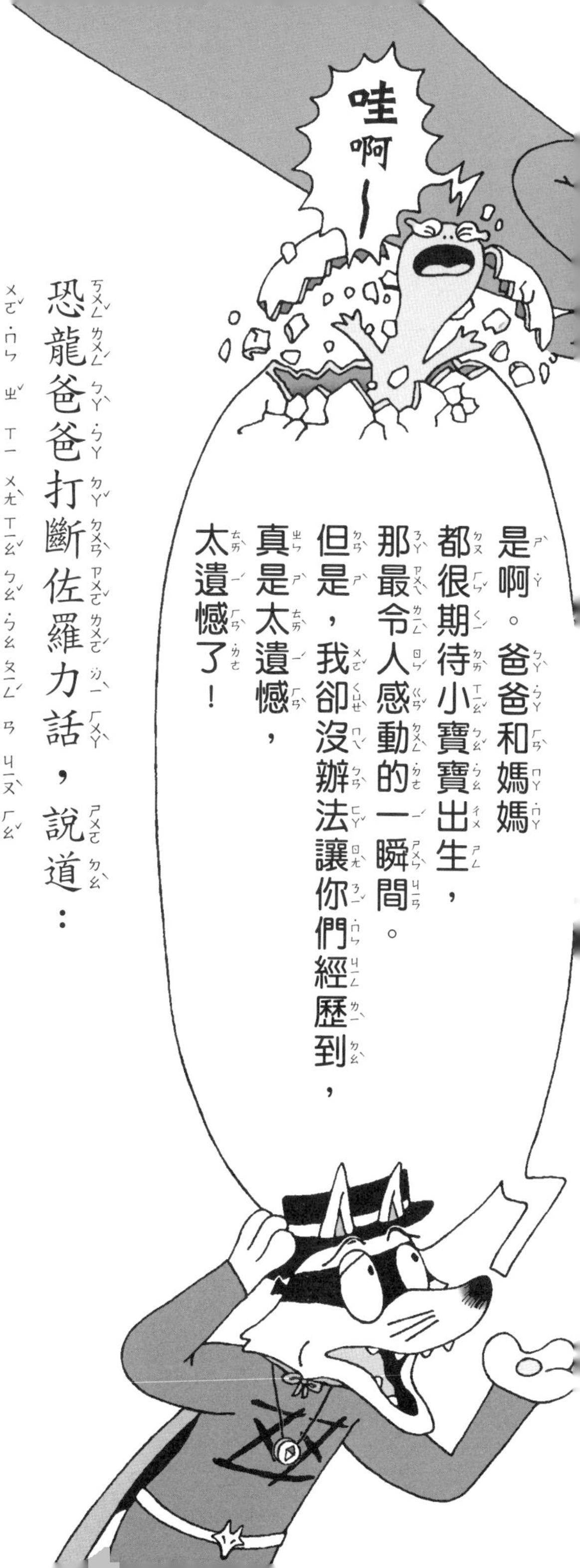
哇啊～
是啊。爸爸和媽媽都很期待小寶寶出生，那最令人感動的一瞬間。但是，我卻沒辦法讓你們經歷到，真是太遺憾，太遺憾了！

恐龍爸爸打斷佐羅力話，說道：

「我們只希望小寶寶平安就好。佐羅力大師，謝謝你們。」

恐龍爸爸以臉頰摩蹭恐龍媽媽懷中的小寶寶，一家和樂融融。

☆恐龍爸爸之前因為追恐龍蛋的緣故摔傷了腰。不過現在，他的身體已經痊癒了，而且精神很好。

「恐龍爸爸，我有事要拜託你。」

佐羅力請求恐龍爸爸，

為曾協助過他們的大猩猩母子，

送香蕉到小島上。

「這個小事一樁啦。」

恐龍爸爸笑咪咪的點頭答應了。

恐龍爸爸叫孩子們去採來香蕉，

然後請大猩猩母子坐上他的背，

準備送他們回家。

「謝謝你們所做的一切。這樣，我們就能放心的回去等爸爸回來了。」

大猩猩媽媽聽了大大鬆了一口氣。

這時，恐龍媽媽卻阻止了恐龍爸爸：

「爸爸，並不需要運香蕉去小島呵。」

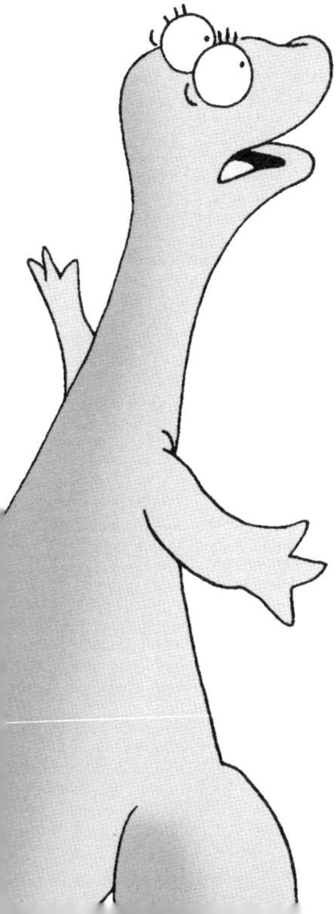

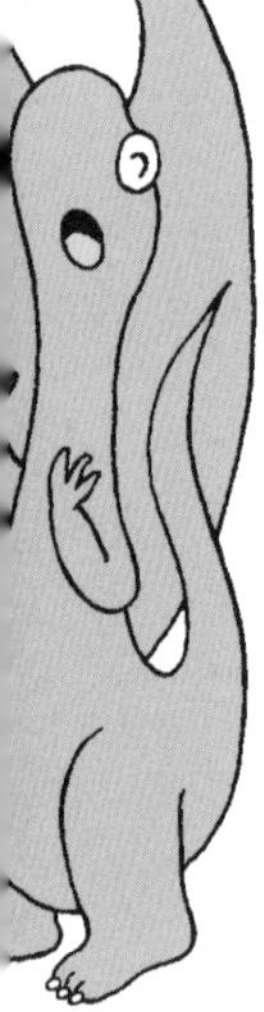

「這些孩子還要回荒島，實在是太可憐了。這附近有許多適合居住的小島，讓他們留在這裡比較好。」體貼的恐龍媽媽這麼說道。

不過，大猩猩們有不得不回去的理由。

大猩猩媽媽正要拿出那封信時，
佐羅力伸出手阻止她，
並且說：
「恐龍媽媽說得對，
留在這裡是最好的。」
「可是……」
佐羅力看到大猩猩媽媽一副擔心的模樣，
拍著胸脯保證說：
「我知道，一切就交給本大爺。」

佐羅力立刻著手做好各種準備，與伊豬豬、魯豬豬一起離開這座島。
反正我們旅行也沒目標，那就先回到那個大猩猩島，將這塊搬家通知的告示牌立在那裡，所有的問題都可以解決啦。
原來如此。佐羅力大師真是太聰明了！只要看到這塊告示牌，因為上面有標明怎樣到達恐龍島的地圖，大猩猩爸爸一定一看就懂。
一定要再來玩喔！
保重～請務必再來玩呵！
謝謝，太感謝你們了！
一切就都拜託你們了！
•恐龍的朋友海豚們前來幫忙推著竹筏前進。
•打包帶走了許許多多的水果和地瓜。

給大猩猩爸爸
因為火山爆發，這裡變得很不容易生活，所以我們搬家了。請依照下面的地圖，來新家和我們相聚。等你唷！
請以這顆星星當作指標
前往我們落腳島嶼的地圖
現在位置
恐龍島
請利用這個指南針
真是擁有親愛爸媽的美滿家庭呀——呵呵，好好哇——本大爺也一定要快點找到美嬌娘，組成佐羅力一家——在天國的媽媽絕對也這麼希望著。
對呀，伊豬豬。即使大猩猩爸爸回來，他們一家也沒辦法住在荒廢的村子裡。能找到好好生活的新家，真是太棒了。

•作者簡介

原裕 Yutaka Hara

一九五三年出生於日本熊本縣，一九七四年獲得KFS創作比賽「講談社兒童圖書獎」，主要作品有《小小的森林》、《手套火箭的宇宙探險》、《寶貝木屐》、《小噗出門買東西》、《我也能變得和爸爸一樣嗎？》、【輕飄飄的巧克力島】系列、【膽小的鬼怪】系列、【菠菜人】系列、【怪傑佐羅力】系列、【鬼怪尤太】系列、【魔法的禮物】系列等。

•譯者簡介

周姚萍

兒童文學創作者、譯者。著有《我的名字叫希望》、《山城之夏》、《妖精老屋》、《魔法豬鼻子》等作品。譯有《大頭妹》、《四個第一次》、《班上養了一頭牛》、《那記憶中如神話般的時光》等書籍。曾獲「文化部新聞局金鼎獎優良圖書推薦獎」、「聯合報讀書人最佳童書獎」、「幼獅青少年文學獎」、「國立編譯館優良漫畫編寫」、「九歌年度童話獎」、「好書大家讀年度好書」、「小綠芽獎」等獎項。

國家圖書館出版品預行編目資料

怪傑佐羅力緊急出動！守護恐龍蛋
原裕 文、圖；周姚萍 譯 --
第一版. -- 台北市：親子天下, 2016.08
96 面；14.9x21公分. --（怪傑佐羅力系列；37）
譯自：かいけつゾロリ　まもるぜ！きょうりゅうのたまご

ISBN　978-986-92815-1-5（精裝）
861.59　　105001344

怪傑佐羅力系列 37

怪傑佐羅力 緊急出動！守護恐龍蛋

作者｜原裕（Yutaka Hara）
譯者｜周姚萍
責任編輯｜余佩雯
特約編輯｜游嘉惠
美術設計｜蕭雅慧
行銷企劃｜高嘉吟

天下雜誌群創辦人｜殷允芃
董事長兼執行長｜何琦瑜
兒童產品事業群
副總經理｜林彥傑
總編輯｜林欣靜
主編｜陳毓書
版權主任｜何晨瑋、黃微真

出版者｜親子天下股份有限公司
地址｜台北市 104 建國北路一段 96 號 4 樓
電話｜（02）2509-2800
傳真｜（02）2509-2462
網址｜www.parenting.com.tw
讀者服務專線｜（02）2662-0332
週一～週五：09:00~17:30
讀者服務傳真｜（02）2662-6048
客服信箱｜parenting@cw.com.tw

法律顧問｜台英國際商務法律事務所・羅明通律師
製版印刷｜中原造像股份有限公司
總經銷｜大和圖書有限公司
電話｜（02）8990-2588

出版日期｜2016 年 8 月第一版第一次印行
2022 年 10 月第一版第十五次印行
定價｜300 元
書號｜BKKCH005P
ISBN｜978-986-92815-1-5（精裝）

訂購服務
親子天下 Shopping｜shopping.parenting.com.tw
海外・大量訂購｜parenting@cw.com.tw
書香花園｜台北市建國北路二段 6 巷 11 號
電話｜（02）2506-1635
劃撥帳號｜50331356 親子天下股份有限公司

我們三人以最快的速度回到大猩猩島。
往河川的上游前進。
利用之前用來垂降恐龍蛋的起重機繩索，爬上懸崖。
進入村莊。